2024, 가을
제14회 김민부문학제 및
제10회 김민부문학상 시상

시와 서정

기간 : 2024.10.19.(토) 16시~10.27.(일) 17시
장소 : 김민부전망대

시와 서정

김민부 시인 연보 및 김민부문학제 연혁

1941. 3 부산시 동구 좌천동 37번지에서 아버지 김상
    필씨와 어머니 신정순씨의 장남으로 태어남.

1947. 2 성남초등학교 입학.

1952. 3 부산중학교 입학.

1955. 3 부산고등학교 입학.

1956. 1 《동아일보》 신춘문예에 시조 「석류」 입선

1956. 8 제1시집 『항아리』 출간.

1958. 1 《한국일보》 신춘문예에 시조 「균열」 당선.

1958. 2 부산고등학교 졸업. 서라벌 예술대학교 입학.

1960. 2 서라벌예술대학교 졸업. 동국대학교 국문과 편입.

1962. 2 동국대학교 국문과 졸업.

1962.   한국문인협회 경남지부 시분과위원장에 선임.
    부산문화방송 공채 제1기 PD로 입사. 그가 만
    든 〈자갈치 아지매〉라는 방송은 2024년 방송
    60주년을 맞이한 장수 프로그램이다.

1965. 4 부산대학교 영어영문학과에 재학 중이던 이영수
    여사와 결혼.

1965. 10 상경하여 서울 방송가에서 활동. 이때부터 돌
    아가실 때까지 MBC, DBS, TBC에서 방송작가

로 활동하였음.

1968.   제2시집 『裸婦와 새』 펴냄.

1970.   오페라 대본 『원효대사』 발표.

1971. 4 故 장일남선생이 작곡한 이 오페라는 김자경 오페라단에서 초연하면서 큰 반응을 일으킴.

1972. 10. 27 서울 갈현동 자택 화재로 서대문 적십자 병원에서 별세. 유족으로 딸 김지숙 씨가 있다.

1995. 3 부산 암남공원에 「기다리는 마음」 노래비(詩碑) 건립.

1995. 10 김천혜 문학평론가의 제안으로 그의 문학과 생애를 기리기 위해 유고 시집 『일출봉에 해 뜨거든 날 불러주오』 출간(민예당 출판사).

2007. 9 요절시인 시 전집 시리즈 첫째 시집으로 이승하 교수와 우대식 시인이 편찬한 『일출봉에 해 뜨거든 날 불러주오』출간(새미출판사).

2011. 6. 27 부산 중앙동 '강나루'에서 '김민부문학제' 개최를 위한 김민부문학제 추진위원회 (위원장 : 강달수 시인) 발대식 열림.

2011. 10. 27 제1회 김민부문학제 개최(부산일보 소강당).

2012. 6 서울 '예술의 전당 오페라하우스'에서 국립 오페라단의 『원효』 공연.

2012. 10. 27 제2회 김민부문학제 개최(부산일보 소강당).

2013. 3. 14 부산시 동구에 김민부전망대 개소.

2013. 10. 27 제3회 김민부문학제 개최(부산일보 대강당).

2014. 10. 27 제4회 김민부문학제 개최(부산일보 대강당).

2015. 10. 27 제5회 김민부문학제 및 제1회 김민부 문학상(수상자 : 故오정환 시인)

시상식 개최(동구 스타일웨딩홀 3층 강당).

2016. 3. 16 부인 이영수 여사 별세.

2016. 10. 27 제6회 김민부문학제 및 제2회 김민부문학상(수상자 : 故송유미 시인)

시상식 개최(동구청 대강당).

2017. 10. 27 제7회 김민부문학제 및 제3회 김민부문학상(수상자 : 류명선 시인)

시상식 개최(동구 구민체육문화센터).

2018. 10. 27 제8회 김민부문학제 및 제4회 김민부문학상(수상자 : 故이상개 시인)

시상식 개최(동구청 대강당).

2019. 10. 27 제9회 김민부문학제 및 제5회 김민부문학상(수상자 : 조성래 시인)

시상식 개최(중구 크라운 하버호텔 2층 뷔페).

2019. 11. 29 부산 을숙도문화회관 대강당에서 김옥련 발레단의 『김민부, 가을을 춤추다』

창작발레 초연 및 추모 시화전 개최(연출: 유상흘, 대본: 강달수, 안무: 남도욱, 김옥련, 작곡/음악 감독: 전현미).

2020. 10. 27 제10회 김민부문학제 및 제6회 김민부문

학상(수상자 : 동길산 시인)

시상식 개최(동구 북창순두부 2층 행사장).

2021. 10. 27 〈김민부 시인 탄생 제80주년 기념〉 제11회 김민부문학제 및 제7회 김민부문학상 (수상자 : 권애숙 시인)시상식 개최 (동구 '창비 부산' 2층 창작홀).

2022. 10. 27 제12회 김민부문학제 및 제8회 김민부문학상(수상자 : 배옥주 시인)시상식 개최 (문화공간 사하구 '미라클')

2023. 10. 27 제13회 김민부문학제 및 제9회 김민부문학상(본상 수상자 없음)

특별상 (수상자 : 서규정 시인)

2024. 10. 27 제14회 김민부문학제 및 제10회 김민부문학상(수상자 : 이동호 시인)

※ 제1회~11회 김민부문학제 운영위원장 : 강달수 시인

제12회~14회 김민부문학제 운영위원장 : 고안나 시인

제1회~9회 김민부문학상 운영위원장 : 강달수 시인

제10회 김민부문학상 운영위원장 : 류명선 시인

제 14회 김민부 문학제와
제 10회 문학상 시상식을 개최하며

고안나(시인, 김민부문학제 운영위원장)

축복 속에 부여받은 선물 같은 계절, 시월은 날마다 새
로운 느낌으로 다가옵니다. 지루한 여름을 보내고 더위
로 인한 상실감 속에 살아온 시간들이 차츰 회복되어가
는 의미 있는 아름다운 가을입니다. 제14회 김민부문학
제와 제 10회 김민부문학상 시상식은 단풍놀이를 손꼽
아 기다리는 아이들같이 언제나 충만한 기쁨으로 다가옵
니다.

유난히 뜨거웠던 여름, 35도를 오르내리는 하루하루와 열대야로 잠 못 이루는 날들, 물러서지 않는 코로나의 공격으로 인해 하루도 마음 편할 날이 없었던 격랑의 나날이었습니다. 예상치 못한 기록적인 무더위를 겪으며 전 세계적인 이상 기후 탓이라며 앞으로의 삶이 녹록치 않을 것이라며 다들 걱정했지만 그래도 어김없이 결실의 계절로 건너왔습니다. 국화꽃처럼 생기 있는 모습들을 다시 뵙게 되니 참 감사하고 즐거운 일입니다.

2011년에 시작된 추모문학제가 14회, 문학상 시상식은 10회째를 맞이했습니다. 2024년 10월 27일 오늘은, 김민부 시인이 우리 곁을 떠나가신지 52주년 되는 날이고 탄생 83주년이 되시는 날입니다. 참 안타깝다는 생각에 다시 한 번 가슴이 먹먹합니다. 올해 행사 역시 문학상 시상식과 시화전, 시낭송회, 김민부(V)시인과 함께하는 시인들의 작품을 준비하였습니다. 문학제 운영위원들이 모여 조촐하게 치르는 추모 문학제이지만 부족한 상황 속에서도 지속적으로 이어가는 행사임을 자랑스럽게 생각합니다.

14년이란 긴 세월 속에 문학제와 문학상의 위상을 바로 세우기 위한 밑거름이 되어주신 강달수 전 위원장님의 노고에 큰 감사를 드립니다. 어려운 여건 속에서 많은 수고와 노력의 결실을 돌아보면서 그 동안의 땀과 헌신이 결코 헛되지 않은 것이기에 박수를 보냅니다. 앞으로 김민부문학제와 부산 시인들이 더욱 발전해 나갈 수 있도록 많은 관심 가져주시기 바랍니다.

김민부문학제가 계속 발전 성장할 수 있도록 지금까지 함께해 주셨던 본 위원회와 고문님들과 자문위원님들, 여러 운영위원님들과 후원해주신 단체 여러분들께 감사드립니다. 함께 문학의 길을 걸어가며 이 자리에 참석해 주신 선, 후배 동료 문학인 여러분들께 진심으로 감사합니다. 영광스러운 '김민부문학상'을 수상하신 이동호 시인님께 축하의 인사를 전합니다. 더욱 문향이 널리 퍼지길 응원드리며 늘 건강을 기원합니다.

심사를 맡아주신 배옥주 시인님과 류명선 시인님께 다시 한 번 감사의 인사 전합니다.
감사합니다.

CONTENTS

발기문

　문학은 동시대 사람들의 삶과 정신을 표현하는 영혼의
양식이다. 전쟁과 민주화 운동, 그리고 지난 세기 말에
벌어졌던, 경제 환란을 겪으면서 우리는 하루하루를 지
켜야 할 것들은 버리면서 물질에 매여 부(富)의 환상만
을 좇으며 살아왔다. 그러나 우리 문학인들이 의식주에
매달려 문화의 본질인 인류정신의 발전을 내팽개쳐 버린
다면, 그것은 죽은 채로 숨만 쉬는 존재에 지나지 않는
일반인과 별반 다르지 않을 것이다.

　우리가 지난 세대 문학인들 가운데 훌륭한 문학정신을
끝까지 잃지 않고, 문학의 혼을 벼려왔던 문인들을 기리
고 되살리는 노력을 게을리 하지 않는 까닭도 바로 여기
에 있을 것이다. 이 시점에서 너무나 오랫동안 우리가
잊고 있었던 김민부(1941~1972) 시인을 상기 해보자.
어느 날 갑자기 천재 시인인 그가 우리들 곁에서 조용히
떠나갔지만, 부끄럽게도 우리는 그를 망각하며 지내 왔
다. 그리고 더욱이 그가 우리 고장 출신이고 우리 곁에
늘 함께 숨 쉬고 있었다는 사실을 외면하며 지내왔다.

　서정시의 정수를 보여주는 것을 넘어 언어미의 극단을
넘나들었던 시인이었건만, 우리 지역의 연구자들뿐만 아

니라 같은 길을 걸어가고 있는 시인들조차 그의 정신을 기리지 않았고, 또한 그의 존재에 대해서 깊이 알려고 하지 않았다. 한국인 속에 잠재한 그윽한 혼을 맑은 언어로 불러낸 그에 대한 망각, 이것이 우리 문단의 현주소였던 것이다. 생업에 휘말려 여러 시집을 내지 않았고, 더욱이 안타깝게도 31세의 아까운 나이에, 그가 우리들 곁을 떠나 가셨지만, 다행스럽게도 김민부 시인의 빛나는 작품들은 여러 시편과 가곡으로 남아 많은 사람들의 입에 오르내리고 있다.

그를 되살리는 일은 부산 문단뿐만 아니라 한국 문학의 풍요로운 발전과 오롯한 시 정신의 계승을 위해서라도 반드시 필요하리라 확신한다.

이에 김민부 시인을 기억하며 그 정신을 본받고 싶은 문인들이 김민부문학제 추진위원회를 결성하여 해마다 김민부문학제를 치르고자 하니, 김민부 시인을 기억하고 그의 시 정신을 본받고자 하는 사람들이여, 우리 모두 온 정신을 다해 김민부 시인을 기리고 그의 위대한 정신을 계승하여 한국 시단에 새바람을 일으키자.

2011년 6월 27일

김민부 문학제 추진위원회 일동

(작성자 : 강달수 시인, 정훈 문학평론가)

기획특집1

다시 읽는 김민부 시인의 시

김민부 시인의 시는 가능한 현재 사용 하는 언어로 변경하였지만 몇 몇 단어나 문구의 경우 생소하거나 현대 언어로 표현하기 어려운 경우 원작 그대로 수록한 것임을 알려드립니다.

서시(序詩)

김민부

나는 때때로 죽음과 조우(遭遇)한다
조락(凋落)한 가랑잎
여자의 손톱에 빛나는 햇살
찻집의 조롱(鳥籠) 속에 갇혀 있는 새의 눈망울
그 눈망울 속에 얽혀 있는 가느디 가는 핏발
내가 살고 있는 아파트의 창문에 퍼덕이는 빨래······
죽음은 그렇게 내게로 온다
어떤 날은 숨 쉴 때마다 괴로웠다
죽음은 내 영혼(靈魂)에 때를 입히고 간다
그래서 내 영혼(靈魂)은 늘 정결(淨潔)하지 않다.

균열(龜裂)

달이 오르면 배가 곯아
배 곯은 바위는 말이 없어

할일 없이 꽃 같은 거
처녀 같은 거나

남몰래 제 어깨에다
새기고들 있었다

징역사는 사람들의
눈 먼 사투리는

밤의 소용돌이 속에
파묻힌 푸른 달빛

없는 것, 그 어둠 밑에서
흘러가는 물소리

바람불어......, 아무렇게나 그려진
그것의 의미는

저승인가 깊고 깊은
바위 속 울음인가
더구나 내 죽은 후에
세상에 남겨질 말씀쯤인가?

항아리 I

항아리는 질항아리는
이울리는 배꽃을
이슬 젖은 가슴에 안겨두고

구름을 이고 꽃별을 마시며
눈물 젖은 자욱을
이어간 선들의 어울림

바람에 작은 나래를
숨긴 그 속으로
흐르는 그윽한 소리 소리

초록 배암의 상처
처량한 고요로
굳은 가슴에 안겨두고

은지화 Ⅱ

공원엔
개가 한 마리
가고 있었다

벤치엔
예수 같은 사나이가
빨래처럼 널려 있었고
사나이의
미간에
죽은 신문지 우에
눈이 내리고 있었다

여자가 둘 있었다
죽어버린 여자와
잊어버린 여자가
어깨동무를 하고
누군가의
발자욱에 갇혀
울고 있었다

한 구석에서
낙관처럼 찍혀 있는
가로등에 불을 켜는 노인의 실루엣....

나부(裸婦)와 새

그것은 숱한 달빛이 착종(錯綜)하는 꽃밭이었다
램프가 켜져 있는 밀실(密室)
어디선가 새가 울면
풍금(風琴) 소리를 들으면서
주위의 달빛을 진동하며
짙은 꽃내의 밀도 속에서
나부(裸婦)의 육체(肉體)는 흔들린다

어디선가
새가 울면
나부(裸婦)의 손이 떨어진다
떨어지면서 이상한 소리를 낸다
불가사의(不可思議)한 사건들이
연달아 일어난다
나부(裸婦)의 육체(肉體)의 구석구석에
금이 간다
그 균열(龜裂)의 간격을
달밤이 드나들며
내외(內外)에
다른 혼야(婚夜)를 마련한다

어디선가

새가 울면
나부(裸婦)의 육체(肉體)는 불 붙는다
일체(一切)의 소리를 거두어 태우는
음향(音響)의 불
스산한 배경을 소각하는
주술의 불
달빛을 옥외로 밀언내는
탄력의 불
나부(裸婦)의 육체(肉體)가 함유한
음악의 중량을
저마다의 음계로
바람과 치환하며
나부(裸婦)의 육체(肉體)는 연소한다
나부(裸婦)의 육체(肉體)는
소실(消失)하여 바람이 되었다
어디선가
새가 울면
풍금 소리를 들으면서
더 짙은 꽃내의 밀도 속에서
긴장하여, 미동하는
그것은 숱한 달빛이 착종하는
꽃밭이었다.

기획특집2

2024년 제10회 김민부 문학상 수상자

2024년 제 10회 김민부 문학상 수상자

이동호 시인

약력

2004년 《매일신문》 신춘 문예에 시 당선

2008년 《부산일보》 신춘 문예에 동시 당선

'부산작가상' · '교단문예상' 수상

〈대산창작지원금〉 · 〈한국문화예술위원회 창작지원금〉 수혜

시집:『조용한 가족』,『총잡이

우물

이동호

내 맞은편에 앉은 그는 유달리 목이 길어서
몸속에 가득 고인 그의 목소리를 들을라치면
아직도 한참을 기다려야 한다
기다리는 동안 나는 차 한 잔을 다 마신다
그의 찻잔에는 커피가 아직도 반쯤 남아있다
한 잔의 찻물이 내 방광까지 다 내려갈 동안,
그가 마신 반잔의 커피는
아직도 그의 목구멍을 통과하고 있을지도 모른다
바람직한 화법'중에는 화자가 말하는 동안
청자가 화자의 눈을 마주 보기보다는
셔츠의 첫 단추 부분을 바라보는 것이 좋다
라는 말이 있다 불안한 그의 눈동자를
뚫어지게 바라보고 있던 내 눈을 아래로 내려
그의 첫 번째 단추를 서둘러 찾았지만 쉽지 않다

사람들이 그와 이야기하기를 꺼려하는 것은,
그가 목소리를 몸통 속에서 퍼 올리는 동안
보통 사람보다 한참을 내려가야 하는
시선 처리의 어려움 때문일 것 같다
그의 머리 위에는 장식 알전구가 십리나 떨어진
변전소에서 긴 전선으로 뽑아 올린 불빛 환한데,
창밖에는 두어 계절 내내
나무가 땅 속에서 길어 올린 단풍 무척 붉은데,
우물처럼 긴 목을 하고 그는 왜 자꾸 망설이는가
두레박이라도 있었으면 좋겠다
닫힌 그의 입을 열고 아주 긴 목 속으로
첨벙 두레박을 던져 넣고,
그의 목소리를 퍼 올리고 싶다
그의 목소리는 그가 스스로 끌어올리기에는,
너무 깊은 곳에 있다

과녁

나뭇잎 하나 수면에 날아와 박힌 자리에
둥그런 과녁이 생겨난다
나뭇잎이 떨어질 때마다 수면은 기꺼이 물의 중심을 내
어준다
물잠자리가 날아와 여린 꽁지로 살짝 건드려도
수면은 기꺼이 목표물이 되어준다
먹구름이 몰려들고 후두둑후두둑
가랑비가 저수지 위로 떨어진다
아무리 많은 빗방울이 떨어지더라도 저수지는
단 한 방울도 과녁의 중심 밖으로 빠뜨리지 않는다.
저 물의 포용과 관용을 나무들은
오래 전부터 익혀왔던 것일까
잘린 나무 등걸 위에 앉아본 사람은 비로소 알게 된다
나무속에도 과녁이 있어 그 깊은 심연 속으로
무거운 몸이 영영 가라앉을 것 같은,
나무는 과녁 하나를 만들기 위해
오랜 세월 동안 한자리에 죽은 듯 서서
줄곧 저수지처럼 수위를 올려왔던 것이다.

화살처럼 뾰족한 부리의 새들이
하늘 위로 솟구쳤다가 나무 위로
뚝뚝 떨어져 내리는 것은, 명중시켜야 할 제 과녁이
나무 속에 있다는 것을 알기 때문이다
작년 빚쟁이를 피해 우리 동네 정씨 아저씨가
화살촉이 되어 저수지의 과녁 속으로 숨어들었다
올해 초 부모의 심한 반대로 이웃마을 총각과
야반도주 했다던 동네 처녀가
축 늘어진 유턴표시 화살표처럼
낚시바늘에 걸려 올라왔다
얼마나 많은 실패들이 절망을 표적으로 날아가 박혔던가
눈물이 된 것들을 위해
가슴은 또 기꺼이 슬픔의 중심을 내어준다
죽음은 늘 백발백중이다

모래톱 이야기

친구로부터 밥알이 모래알처럼 씹힌다는 말을 들었다
모래가 지금의 알맹이로 변하기까지
얼마나 많은 고난을 극복해 왔는지를 아는 사람은,
모래에 대해 함부로 말하지 않는다
오늘 아침 너는 한 알의 모래 속에서 잠을 깼다
한 알의 모래 속에서 밥을 먹고
한 알의 모래로 지어진 세상으로 출근했다
모래가 없으면 어찌 집을 지을 것이며,
소중한 자식들을 추위로부터 어떻게 지켜줄 것이냐
오늘 점심에 먹었던 비빔밥의 재료도
모래가 안아 키운 모래의 자식들이며,
네가 걸어온 길도 모래가 있었으므로 평탄했다
너는 자신을 모래알처럼 보잘 것 없는 존재라고 말하지만
한 알 모래가 된다는 것은 퇴보가 아니다
세상의 끄트머리까지 밀려 한 줌 모래로 쌓였을 때,
날아온 꽃씨 하나를 내치지 않고 온몸으로 품어주었기에
꽃씨는 구석진 곳을 환하게 밝히는 전구가 되었다
꽃씨 하나가 꽃으로 피어나는 것처럼

우리가 사는 이 지구도 수만 년 동안
모래 한 알로 진화해왔다는 것을 한 알 모래로 살다가
낙동강 하구까지 떠밀려 와서야 깨닫는다
상류에서 떠내려 온 모래들이 모래톱을 만든다
작은 것들이 힘을 합쳐 물줄기를 갈라놓는다
바다조차 모래에 안겨 있다

총잡이

며칠째 아무런 일도 일어나지 않았다, 나는
어머니로부터 물려받은 권총만 종일 만지작거린다
내 몸속에 총알이 가득 찰 때 마다
몸이 근질거리는 것은
내가 타고난 총잡이이기 때문이다.
난사(亂射)는 하수나 하는 짓이다.
나는 화장실 변기통을 향해 권총을 정조준한다.
총알에 맞은 물들이 튀어 올랐다가 축 늘어진다.
죽은 물은 관을 타고 정화조에 가 묻힌다.
정화조는 죽은 물들의 공동묘지이다.
며칠째 아무런 일이 일어나지 않아 속상했다.
은행에 강도가 침입했으면 좋겠다.
나는 종일 TV를 켜놓고 강도를 응원하며,
그가 영원히 잡히지 않기를 신에게 빌 것이다.
나나 당신이나 시건장치를 풀 용기가 없는 자이다.
사타구니에 총을 차고
수시로 은행문을 드나들겠지만,
총을 한번 폼나게 제대로 빼어든적 있는가.

텅 빈 통장의 잔고를 확인하며
총알이 박힌 듯 아프게 은행문을 돌아서 나왔던
불쌍한 당신이나 나나,
축 늘어진 총구를 세워 달마다 여자 몸속의
둥근 표적을 향해 무수히 연습 사격을 한들
총알 낭비 아니겠는가

내셔널 지오 그래픽

어둠이 도시로 불빛들을 몰고 온다 나는 거실에 드러누워 창 밖을 바라본다 창 밖에는 불빛이 도시를 뜯어먹고 있다 불빛은 고층 건물 서너 개를 다 먹어치우고서야, 가로등 아래 드러눕는다 불빛에게 이 도시는 매일 뜯어먹어도 다음날이면 다시 자라나는 고마운 풀밭이다

하늘에는 달 하나 떠 있다 저 달은 불길한 짐승이다 순한 불빛들을 노려보는, 씩씩거리며 구름을 뿜어대는 야수의 눈빛, 수많은 별빛들은 달의 사나운 이빨이다 별빛 하나 떨어지면 불빛 하나 지고 불빛 하나 꺼진 자리에 어둠이 나타나서 사라진 불빛을 찾아 이리저리 헤매는 모습을 나는 창을 통해 종종 보아오던 터다

위에서 내려다보면 불빛들이 갈래갈래 찢어진 흔적 보인다 나는 커튼 뒤에 숨어 내 방 창 밑에서 어슬렁거리며 기어가는 길들을 바라본다 길은 고가도로를 꼬리처럼 흔들며 언덕 너머로 첨벙첨벙 다시 기어 들어가고 있다 일부가 벗겨지고 찢어지고 갈라진 도로만이 방금 있었던

그곳의 사태를 말해줄 뿐 그것을 먼발치에서 바라보고
선 다른 불빛들이 약하게 일렁이고 있다

　어쩌면 도시를 에워싸고 서서히 몸통을 죄고 있는 저
외곽外廓도 한 마리 짐승일 수 있다 외곽은 힘이 세다
도시를 칭칭 감아올리며 도시의 숨통을 끊어놓는 저 근
육들을 나는 텔레비전을 통해 두려운 눈빛으로 숨죽이며
본 적 있다 샛길이 송곳니처럼 뻗어 있는 외곽, 도시는
서서히 소화될 것이다 도시는 외곽이 먹기에 조금 덩치
큰 불빛들의 집합체일 뿐이다

　건널목은 이상한 짐승들의 주거지다 나는 그들의 본모
습을 제대로 파악한 적 없다 파란 불빛이었다가 노란 불
빛이었다가 금세 빨간 불빛으로 변하는, 양쪽에서 색깔
을 바꾸며 점등하는 눈이 각각 두 개씩, 건널목 바닥에
그려져 있는 빗금 표시는 그 짐승의 뱃가죽이 틀림없다
뱃가죽에 깔려 가끔 어린 짐승들이 죽어나가는 것을 보
면 그 또한 육식동물일 거라 쉽게 짐작할 수 있다

　불빛들은 어둠이 잠든 주변을 서성이다가 배부름이 지
루함으로 변하고서야 어둠을 흔들어 깨운다 어둠 주변으
로 흩어졌던 불빛이 하나둘 다시 모이고 불빛이 어둠을

핥는다 어둠이 서서히 지워진다 멀리 개 짖는 소리 들리고 먼 불빛까지 모조리 불러 모으고서야 어둠이 불빛들을 몰고 나와의 경계를 넘어 집으로 돌아간다

아파트를 주거지로 살아가는 나도 한 마리 짐승이다 나는 야행성이다 창을 통해, 사라지는 어둠의 뒷모습을 바라보다가 세상이 환해지고 나서야 이랴 이랴, 꿈을 몰고 잠 속에 든다

심사평

제10회 김민부문학상 수상 시인을 선정하게 되었다. 김민부문학상은 부산 출신 김민부 시인의 뛰어난 문학성을 이어가기 위해 제정된 뜻깊은 문학상이다. 지금까지 김민부문학상은 김민부 문학정신을 빛내주는 아홉 분의 수상자를 배출하였다. 김민부문학상은 '김민부'라는 걸출한 시인의 문학세계를 기리기 위해 문학사의 중심에 자리매김해야 할 꼭 필요한 상이다.

제10회 김민부 문학상 수상자로 이동호 시인을 선정

하였다. 2004년 매일신문 시, 2008년 부산일보 신춘문예 동시로 당선된 시인의 이번 수상시집은 『조용한 가족 (2007, 문학의 전당)』에 이은 두 번째 시집이다. 중학교 교사로 재직 중인 이동호 시인은 교단에서 학생을 가르치면서도 꾸준히 자신의 문학세계를 연마해왔다. 이동호 시인의 김민부문학상 수상작 『총잡이(2018, 애지)』는 대상의 특징에 대한 객관적 상관물을 적재적소의 위트 있는 비유로 정치하게 풀어가고 있다. 이동호 시의 특성은 아파트를 주거지로 살아가는 한 마리 짐승이거나 (「내셔널지오그래픽」), 골목을 지나 쥐구멍 속으로 숨는 설치류가 된(「쥐」) 자신을 향한 총구에서 비롯되는 통찰과 사유를 기발한 재치로 형상화한다는 데 있다. 이동호가 겨누는 총구는 자신에게서 아내나 아버지, 고모나 작은 할머니 같은 가족의 비극사로 옮겨간 뒤, 옆집 아가씨나 노인, 윗집 사람과 동창 같은 이웃까지 공동체의 세계로 건너가 낮고 아픈 곳을 특유의 개성적인 감각으로 짚어간다. 대상의 집요한 관찰과 사유에서 비롯되는 이동호 시인의 시선은 독자를 총구 앞으로 끌어당기는 충분한 힘을 가지고 있다.

시가 존재의 이유라면(레종 데트르:raisond'être), 이동호 시의 존재 이유는 절망과 실패로 허우적대는 현대인들의 고뇌를 함께 살아낸다는 데 있다. 대상을 치밀하게 파헤치는 시인의 눈은 지난할 수밖에 없는 삶의 과정을 특별한 착상의 기법을 통해 독자들과 공유할 수 있는 팽팽한 공간을 만든다. 이런 이동호의 시세계는 김민부 문학상 수상자로 선정하기에 부족함이 없다. 김민부 시인이 끝내 놓지 않고 걸어갔던 시의 길 위에서 함께 나아갈 이동호 시인의 수상에 아낌없는 박수와 응원을 보낸다. 십 년에 시집 한 권 정도의 과작이라고 볼 수 있는 이동호 시인의 세 번째 시집에서도 그의 시 세계가 더욱 넓어지기를 기대한다.

심사위원장 : 배옥주(시인, 문학평론가)
심사위원 : 류명선(시인, 김민부문학상 운영위원장)

수상소감

중1 때부터 대학교까지 근 10년을 합창단 생활을 했다. 김민부 시, 장일남 작곡의 '기다리는 마음'은 가곡을 좋아하거나 좀 부르는 사람들에게는 최애곡이다. 나 또한 그렇다. 아직도 기억이 난다. 중학교 2학년 때, 음악 시간 가창 실기시험을 바로 이 곡으로 봐서 당당히 A학점을 받았다.

이제 성인이 된 딸과 몇 해 전 출간한 시집을 꺼내놓고 시에 대해 담소를 나누던 중, 수상 소식을 전해 들었다. 참 공교롭게도 2004년 매일신문으로 등단할 당시에도 가까운 詩友와 시에 대해 이야기하던 중, 당선 소식을 들었었다.

한때 동인들과 밤새 시에 대해 이야기를 나누면서도 지루하지 않았다. 그 뜨거운 열정은 한여름 열대야보다도 더 뜨거웠다. 시 한 편을 완성하기 위해 얼마나 많은 밤을 불면으로 지새웠던가. 치열하게 시를 쓰자는 것을 모토로 시에 미쳐 살았던 청춘이었다. 이것은 지금도 마찬가지이다.

김민부 선생은 고등학교 때, 이미 유수의 신춘문예에 두 군데나 당선된 천재 시인으로 잘 알려져 있으나, 시를 쓰는 사람들은 잘 안다. 노력 없이 이루어지는 성공은 없다. 특히 문장은 부모님으로부터 물려받을 수 있는 것이 아니다. 오로지 절차탁마만이 좋은 시를 쓰게 해 준다.

　선생은 비록 세상을 떠났지만, 선생의 뜻을 이어받아 그 족적을 따라가는 뜻깊은 상을 받게 된 것은 큰 영광이다. 김민부문학상에 부끄럽지 않은 시를 쓸 것을 다시 한번 다짐하며, 부끄러운 졸시들을 선정해 주신 배옥주 심사위원장님을 비롯한 류명선 심사위원님과 김민부문학상 관계자 여러분들에게 진심으로 감사드립니다.

　아울러 제 시의 근간이신 제 모친 여해영 여사님과 이무순 장모님, 그리고 시를 쓴다고 소홀했던 제 아내와 두 아이들에게도 죄송한 마음과 감사의 마음을 전합니다. 마지막으로 지금은 각개전투 중인 〈난시〉 동인들과 시산맥 〈영남지회〉 동인들, 그리고 인천에 살고 있는 제 시의 독자이자 친구에게도 여전히 그 마음들을 잊지 않고 있다고 전하고 싶습니다. "감사합니다."

기획특집3

역대 김민부문학상 수상자의 시 읽기

1. 제1회 수상자 (故오정환 시인)

2. 제2회 수상자 (故송유미 시인)

3. 제3회 수상자 (류명선 시인)

4. 제4회 수상자 (故이상개 시인)

5. 제5회 수상자 (조성래 시인)

6. 제6회 수상자 (동길산 시인)

7. 제7회 수상자 (권애숙 시인)

8. 제8회 수상자 (배옥주 시인)

9. 제9회 특별상 수상자 (서규정 시인)

석모도

오정환

늦가을
해질 무렵 강화 석모도
기러기 무리지어 떠나가는
장려한 저녁놀의 해변 위로
바람 거슬러 한 획 어긋남 없이
날아가는 저 또렷한 그림 글씨

염전 자리엔
흰 눈처럼 서리 내리고
몇 십 년 전 옛 모습 그대로인
낯익은 골목길을 돌아 나올 때

하늘 저편
찰싹이는 파도 헤치고
불길 속으로 날아드는 기러기 떼
일제히 적막 터뜨리는 울음소리.

오정환

1947년 부산 출생(2018년 1월 16일 별세)
중앙대학교 문예창작학과 및 동아대학교 대학원 국문과 졸업
1981년 《한국일보》 신춘문예 등단
부산작가회의 회장 및 부산민예총 회장 역임
수상 : 2011년 제11회 '최계락문학상' 2014년 제1회 '김민부
　　　문학상' 수상
시집 : 『맹아학교』, 『물방울노래』, 『노자의 마을』, 『푸른 눈』

희망 유리상회

송유미

허름한 희망 유리 상회 창문은
수족관처럼 뭉클뭉클 몰려다니는
양떼구름을 키우고 모래 바람도 키운다
어느 창틀에든 맞게 잘라 놓은
여러 개의 유리들은
골목길 모퉁이에서 튀어나온
똑같은 크기의 승용차와 사람들을
무수히 복제해서 쏟아 내기도 한다
때론 흐릿하거나 밝거나 어두운
희망 유리 상회 창문 안을 기웃대면
심해에 사는 거북이처럼
등이 굽은 주인을 만날 수 있다.
한 장 한 장 저마다 다른
바다를 품은 듯 바람에 잔물결 치는
희망 유리 상회, 문이 열린 날보다
문이 굳게 닫힌 날이 많은 희망 유리 상회
어쩌다 밤늦게 그 앞을 지나노라면
밤바다보다 고요한 침묵에
나는 지느러미 돋는 한 마리 물고기가 된다.

송유미

1989년 《심상》 시 등단

중앙대학교 예술대학원 졸업

1993년 《부산일보》 신춘문예 시조

1997년 《동아일보》 신춘문예 시조 부문 당선

2002년 《경향신문》 신춘문예 시 부문 당선

수상 : '수주문학상', '전태일문학상', '한국해양문학상', '김만중문학상',
      '김민부문학상'

시집 : 『그대 사는 마을의 불빛은』(1990년) 『허난설헌은 길을 잃었다』
      (1993년)

      『립스틱으로 쓴 쪽지』(1996년), 『살,찐 슬픔으로 돌아다니다』
      (2009년)

      『당나귀와 베토벤』(2011년), 『검은 옥수수밭의 동화』(2014년)

고무신

류명선

에미가 널 버렸을 때 고무신이 되었다
곁에 없더라도 잘 지내라
너 밟아야 하는 진흙땅
흙에서 잘 문질러 걸음걸이 늘리고
아장아장 민들레 피는 날 신겨주마
네가 없는 얼굴로 고무신이 되었다
보고 싶을 때 신고 다니며 질질 끌리고
끌리더라도, 내 발의 둘레로
깊어져 발자국을 늘리리라
들소 지나간 허전한 흙더미
다시 피어난 들녘의 노란 메꽃
꽃 따라 잎 따라 쓰러져선
안 된다, 수만 거리를 걷고
너의 얼굴이 쓸쓸해지거든
아비를 따라 고무신이 되어라
이 땅에 신다 남은 고무신.

류명선

1951년 부산 출생

1983년 《문학의 시대》 시 등단

경남매일신문 문화부장, 국제펜클럽 부산지역 회장 역임

국제펜 한국본부 자문위원, 중구문인협회장

계간 《시의 나라》 발행인

시집 : 『고무신』(1983년), 『환희를 피우며』(1984년), 『반골』(1988년)
　　　『대포 한 잔 합시다』(1991년), 『사는 게 장난이 아니다』
　　　(1998년)
　　　『새벽 4시 15분』(2002년), 『시, 다시 쓴다』(2009년)
　　　『마침표를 찍으며』(2013년,) 『절망이여, 안녕』(2016년)

단풍 드는 나이

이상개

지난 가을 단풍 들 때
함께 익은 새소리
올봄 먼저 온 꽃들이
무더기무더기 피었다
양지 바른 언덕배기
햇살도 잘잘 끓었다
귀속에서 돋아나는
새싹파도 파도소리
빛과 소리 가꾸다가
어느 새 어느 새
내 나이 단풍 들었네.

이상개

1941년 3월 12일 출생
1965년 《시문학》 시 등단
부산시문인협회, 부산작가회의, 김민부문학제운영위원회 고문
부산시인협회 회장, 빛남출판사 대표 역임
 '시와 자유', '잉여촌' 동인
시집 : 『영원한 평행』, 『만남을 위하여』, 『흐르는 마음 하나』
      『떠 다니는 말뚝 하나』, 『분명한 약속』, 『김 씨의 허리띠』
      『파도 꽃잎』, 『탱글탱글』, 『일본X파일』, 『시, 난중일기』
      『강나루 하나』, 『시간 박물관』, 『단풍 드는 나이』
시선집 : 『소금을 뿌리며』

목단강 편지1 -S에게

조성래

어둔 밤하늘 떠 있는
별들의 시린 발자국도 강에 떨어지는가?
얼어붙은 목단강 언저리
낡은 여관에 들어 남쪽에 두고 온 그대 그리워하며
이불 밖으로 삐져나온 발가락 웅크리네
성에 낀 창 밖에 바람 덜컹대고 낯선 잠 속으로
화차역 기적소리 틈입하지만
몸은 가랑잎으로 떨기 싫어
사랑한다, 사랑한다, 마침표 없이 되뇌며
몇 번이나 벽을 향해 돌아눕네
침대 아래 신발 한 짝 편안히 쉬고
무겁게 메고 다닌 가방도 지친 여정 풀어놓는 이 밤
나는 그러나 생각의 문틈에 덜미 끼여 깊은 잠 이루지
못하네
외로운 별자리 위에 그대 이름 새기며
눈 내린 허허벌판 가슴에 품을 뿐...

조성래

1984년 《지평》《실천문학》을 통해 작품 활동 시작
부산시인협회 사무국장, 부산작가회의 부회장 역임
수상 : '최계락문학상'(2015년), '김민부문학상'(2019년)
시집 : 『시국에 대하여』(1989년), 『카인별곡』(1993년),
　　　『바퀴 위에서 잠자기』(1997년),
　　　『두만강 여울목』(2005년)
　　　『천 년 시간 저쪽의 도화원』(2014년),
　　　『목단강 목단강』((2018년),
　　　『쪽배』(2021년)

꽃 진 자리

동길산

꽃이 지면
꽃만 슬프랴
남 보는 데선 참아 그렇지
속울음 안으로 삼켜
꽃 진 자리
퉁퉁 부어올라 있다
등 돌리면
금방 터질 것 같다
남 보는 데선 애써 참느라
이파리마다 힘줄
시퍼렇다.

동길산

1960년 부산출생, 부산대 경제학과 졸업
1989년 《지평》으로 등단
부산시인협회 사무국장 역임
시집 : 『을축년 시초』(1987년, 지평),
    『바닥은 늘 비어 있다』(1992년, 시로),
    『줄기보다 긴 뿌리가 꽃을 피우다』(1997년),
    『무화과 한 그루』(2004년, 고요아침),
    『뻐꾸기 트럭』(2009년), 『꽃이 지면 꽃만 슬프랴』(2019년)
산문집 : 『우더커니』 외 다수

부초꽃 피는 날

권애숙

별 아닌 것들이 별에 기대
별의 흉내를 내는 동안

세상의 언저리 어떤 얼룩은
지독한 꽃무늬 심장을 만든다

접히고 접혀서 중심을 알아차린
밤의 깊은 울음으로
제 빛깔의 각을 잡는다

뒤척거리는 너와 나 사이 하얗게

솟아난 지상의 작은 별무리
어떻게 우리는 저 매운 안쪽에 다다를까

권애숙

경북 선산 출생, 계명대학교 대학원 문예창작학과 석사 졸업
1994년 《부산일보》 신춘문예 시조 당선
1995년 《현대시》 등단
시집 : 『차가운 등뼈 하나로』(1994년, 전망), 『흔적 극장』(1997년)
　　　　『카툰 세상』(2000년, 한국 문연),
　　　　『맞짱 뜨는 오후』(2009년, 문학의 전당),
　　　　『당신 너머 모르는 이름들』(2020년, 달아실)

The 빨강

배옥주

칼로 그으면 배어나오는 검은 적의

맨드라미를 지나온 계절 뒤에서
홀로 시들어 갈 때
우리는
빨강 위에 덧칠된 빨강

체리 아이스크림을 핥는 편적운은
태풍의 눈을 건너온 우기를 압도한다
오래 입다 환불한 카디건처럼
올 풀린 열정은 어디서든 낭비되고

의도하지 않게 얽힌 의도는
내가 버린 붓끝에서 시작된다
도버해협을 건너지 못한 유람선처럼
내 안에서 굴절하는 물살을 끌고
화폭 아래로 가라앉는 우리

향유고래 떼에게 포위된 대왕문어가
대가리를 쳐든 깊은 물살의 저녁
석양은 붉은 혀를 빼물고
모래밭에 흩어진 당신을 스쳐간다

배옥주

2008년 《서정시학》 등단
연구서 『이형기 시 이미지와 표상 공간』(2018년, 지식과 공간)
공저 『여성과 문학』(2021년, 월인), 『음식과 문화동력』(2019년, 민속원)
    『김명순에게 신여성의 길을 묻다』(2017년, 지식과 교양) 외
부경대학교 국어국문학과 문학박사
〈요산창작지원금〉 선정, 〈두레문학상〉 수상
부산작가회의 부회장
시집 : 『오후의 지퍼들』(2012년, 서정시학),
    『The 빨강』(2018년, 서정시학)
김민부 시인과 함께하는 시인들

낙화

서규정

만개한 벚꽃 한 송이를 오 분만 바라보다 죽어도
헛것을 산 것은 아니라네

가슴 밑바닥으로부터, 모심이 있었고

추억과 미래라는 느낌 사이
어느 지점에 머물러 있었다는 그 이유 하나라도
너무 가뿐한

서규정

2949년 전북 완주 출생
1991년 《경향신문》 신춘문예 시 당선
수상 : '한국해양문학상'(2001년), '부산작가상'(2010년), '김민부문학
      상 특별상'(2023년)
시집 : 『황야의 정거장』(1992년), 『하체의 고향』(1995년),
      『직녀에게』(1999년), 『겨울수선화』(2004년),
      『참 잘 익은 무릎』(2010년),
      『그러니까 비는, 객지에서 먼저 젖는다』(2013년),
      『다다』(2016년)

김민부 시인과 함께하는 시인들

이영수 「무료 문학 자판기」 외 6편

이석란 「가을」 외 6편

신명자 「돌탑」 외 6편

박창민 「캣우먼」 외 7편

박선숙 「이명의 밤」 외 6편

고안나 「일출봉에 해 뜨거든」 외 6편

강달수 「달맞이 언덕」 외 6편

무료 문학 자판기

이영수

책으로 가득한 꿈 놀이터 출입구 한 구석에
홀로 서있는 어린이 키 정도로 조각된 기계

주머니 사정 걱정 없이 손가락 운동만으로도
자유 선택 가능한 종류는 단 두 개의 버튼뿐

긴 호흡은 위로 손 짧은 눈 맞춤은 엄지 아래로
어떤 내용물이 훅 쏟아질지 알 수 없는 비밀 글

도, 레, 미, 파, 솔 잠시 건반 누르기 연습하면
어느새 주문 영수증처럼 출력되어 나오는 감성

동서양 대표 문학예술인의 차별화된 언어 온도
막 *레디메이드 인생과 **어린왕자를 다시 만났다

* 레디메이드 인생: 채만식의 단편소설로 「신동아」에서 1934년 5월 ~
  7월 호까지 연재된 작품
** 어린왕자: 프랑스의 비행사이자 작가인 앙투안 드 생텍쥐페리가
  1943년 발표한 소설

하루살이들의 수다

언제부터인가 매일 아침, 저녁 하늘을 바라보는
새로운 습관이 생겼데
집엔 반겨주는 이 하나 없지만 현장에선
자기를 늘 반갑게 기다려준데
출근길 발걸음 삶의 무게에 진한 육수를
충분히 흘려봐야 세상을 안데
부지런히 일어서 하루하루 나아갈 때
차곡차곡 소박한 꿈 이룰 수 있데
가벼운 손끝으로 시작한 일 때론
불투명한 규칙 속 불안함이 밀려온데
짜여 진 시간 고정된 보상의 늪에서
우울한 안간힘을 쓰는 거울도 본데
짧은 휴식 시간 들리는 동료들의 불만, 웃음,
사연이 예능방송과도 같데
뜨거운 열정, 차가운 냉정이 교차하는
작은 일터에서도 희망 꽃은 핀데
이슬 맺힌 자리 햇살의 노고와 달빛의 힘이 비추면
내일의 큰 별이 된데
서두르지 않고 주어진 업무에 감사할 줄 아는
건강함이 소중한 유산이래

인공지능 인문학

인류의 끊임없는 지혜로운 대화 속 새로운 사건 등장
공통분모, 분자의 조화로운 이해와 공유 문화 확산 중
지식 정보가 우주를 넘나들며 좌지우지 해버린 검색 바다
능수능란함 보다 때로는 깊은 명상 맑은 기운 깃든 얼로
인증 할 수 있는 미래 인정 많은 품이 넓은 아량 펼쳐
지구촌 문제 해결과 공감의 소통을 이을 수 있는 연구 되어
아동, 청소년, 어른도 자율적 사유로 편견을 허무는 학문

한 주를 노래하는 시

새로운 한 주의 시작 첫 페이지를 살며시 넘기는 밤바람
본질과 급변화의 사이에서 화하게 웃어넘기면 그만일 뿐
피로가 과로가 되지 않게 시원한 물 한 모금으로 찾는 쉼
되돌릴 수 없는 과거 두려움 없이 꿈나무 가지를 쭉 뻗어
황금 들녘 따라 기다린 자유의 길이 열리어 깨닫는 순간
맨발로 황톳길 자연의 품에 느리게 거닐며 나누는 이야기
매일 작은 일상을 돌아보며 모험 여행을 다시 떠나는 오늘

하늘연달 詩엽서

건들바람 살랑살랑 아라 품은 빛
탈색한 나뭇잎 책갈피로 물든 詩엽서 한 장
이 계절이 그리운 당신에게 띄웁니다

울긋불긋 스며든 손 글씨 위로
간질간질 귓속말 마법 쪽지 수줍게 접어
고운 노을 마루 새겨 오달진 수를 놓는다

168계단을 오르내리며

부산항의 오랜 바람이 투명하게 불어 온다
첫 번 째 계단, 두 번 째 계단 그리운 발자국 모여
168개 조각들로 나눠진 저마다의 추억으로

어느 한 계단에서 순간 멈추어진 시선으로
가을 햇살 아래 일렁이고 있는 파도의 속삭임
그 곳에서 갑자기 날이든 길리잡이 짐자리 한 마리

개구쟁이 웃음소리 계단 저 아래 위에서 즐겁게 들리고
두근거리는 떨림을 안고 양손 잡으며 거닐던 그린내
새벽, 밤 출퇴근길 부모님 마음 속 지름길 따라 걸으면

희미해진 과거와 현재의 모든 이야기 물결이 어느새 밀려와
순간 내딛는 발걸음에 새로운 발걸음이 더해져 쌓여가는 흔적
소박했던 다정한 시간이 머물러 기다려 주는 정겨운 계

*김민부 전망대

계묘년 달달한 사탕 향기로 가득했던 날
열 번 째 생일을 맞이한 풍광 좋은 곳
매년 가을이 되면 기다리는 마음으로
부산 동구 이바구 길을 찾아 나선다

김민부 시인의 기일이 되면 개최되는
추모 문학제의 시작을 알리는 지역 명소
평일, 주말 관계없이 낮달과 별빛의 매력으로
방문객들의 사진 촬영은 자연스런 기록이다

부산 앞 바다 배경으로 시화들이 내걸리면
감상하는 이들을 어느새 시낭송가로 만드는 곳
20세기 천재 시인과 21세기 문학인이 푸른 동행하는
시월의 마지막 날엔 늘 한 편의 시를 읽게 만든다

● 김민부 전망대 : 부산광역시 동구 영초윗길 26번길 11에 위치한 전망대
　　　　　　　2013년 3월 14일 (목) 김민부 전망대 개소

이영수

2006년 [월간]《순수문학》詩 등단,

도심 속에서 詩와 만나는 즐거운 소통 都詩樂(도시락) 대표

문학창작/독서/직업, 진로/인문학 교육 강사로 활동 중

「문학도시」, 「부산시인」, 「부산펜문학」, 「문학 가연」, 편집 역임,

「시와 서정」 편집, 「한국디카시」 편집위원

김민부문학제운영위원회 발기인 및 부위원장,

"新조선통신사" 해외 파견 문학예술인(일본, 요코하마),

부산문화재단 "감만창의문화촌" 입주 작가

[詩집]『낮은 곳 찾아 흐르는 바다 바라보며』 외,

[디카詩집]『레지던시 원류를 찾아서』

[부산학 교양총서]『부산어묵사-부산어묵이야기』 연구 및 저자

가을

이석란

바람 부는 날
단풍 생각나 핸드폰 번호 누른다

어느 때 나누던 여러 가지 추억
서로 아는 만큼 나열하던 여행 속으로
언제인지도 모르는 외출을 기약하고
저기압 찾아오면 그때만 기다렸다

봇짐 챙길 땐 해 뜨는 아침을 받아 안고
별구경도 하자고 했는데
시간은 닳아 조약돌처럼 사그락거리는
물소리로 졸졸덴다

오늘은 목소리 들려줘서 고맙고
전화 받을 수 있어 기쁘다
너무 가까이에 와 있는 보고 싶음
그 약속 가을 속에 넣는다

낙조 분수

사구 시루에 콩 박히듯 밤하늘 박힌 별
초승달 오른손 안으로 들어온다
보름달 배 불릴 시간을 당겨야 하는 기다림

솔숲 들어선 호기심
아이 검지 따라간 환한 얼굴
초승달 솔숲에 내려왔다

분수가 쏘아 올린 총알
비행기 맞추기 별 맞추기 왜 가리 불러오기
요행히 초승달 잡아 내려왔다
솔숲에 숨은 달을 타고
우리는 승자도 패자도 없이
즐거움만 내려와 흠뻑 몸을 적셨다

돌아오는 길
여름은 온통 물속에 젖고
광장은 여름을 씻어 말리고 있다

한가위 마중하는 길

담청색 함지에서 쏘아 올린 둥근 얼굴
고향에서 가진 꿈 뿌리내려
출렁이는 가슴 키워 간다

먼 곳 산 아래 올라서는 연기
빙그레 박꽃 퍼지는 대문 앞
그 사람 가슴속
추억 찾으며 지루함을 달랜다

산자는 죽은 자 찾아 길 나서고
죽은 자 산자를 품은 곳으로

고속 열차 지나는 역사의 삶
풀벌레 붙잡는 풀숲을 뿌리치며
들고 온 가방 속 현실의 변화를
담아 돌아서는 명절 인사

벼 베는 날

황금빛으로 물들인 들녘 날 선 기구
논고랑 따라 벼 포기 눕혀두던 날
순서 따라 계단처럼 들어가는 벼 베기
등짐 무개는 해 그늘 이 야속하다

착 착 착 앗 차 하는 순간 낫 지나가는 소리
휘청거릴 찰나 없이 밑동 잘려
가지런히 눕혀둔 나락 논
한 이틀 볕 바라기 끝으로 아녀자들의 볏단 묶음
동원되면 마을은 빈집이 지킨다

먼 산 단풍 하루가 다르게 마을로 내려오고
부르튼 입술 물집 잡힌 손
앓아눕지도 못하던 육신 멀리서
관광차 들썩이며 지나간다

산골 지친 몸 기다리는
관광버스 마을 회관 앞에 올 날
그날은 씻은 듯 깨운 한 날 이다

기다리는 마음

더위를 끌고 가는 초량 168계단 중간쯤
땀을 놉 한 헉헉거림은
두 젖가슴 사이로 스멀거리며 타고 흐른다

찾아가야 만날 수 있는 김민부 문학관
바람 부는 곳 가슴 터주던 이야기
그곳에 한 사람의 생애가 머문다

마음 한쪽 명시를 줄 세워 놓고
한 줄씩 펼쳐 보는 그의 감성들

따라쟁이 마음이 시화로 펄럭이고
일 년을 기다림으로 만남을 자축한다

허풍쟁이 신발

진실과 허실 반반 담아
버젓이 진리의 힘을 자랑해 댄다

믿음의 무거움과 가벼움
가슴과 등에 다 매달고
크고 작은 산사를 다니기 일쑤였다
마음은 오래전 할머니 손 잡고 찾아가던 그대로 이고

해가 바뀌면서 이웃들 승보사찰
신년 인사 갔다 온 소식 접한다
'나랑 같이 가지!' 서운함과 소외된 자신
관계 형성에 작아 보이는 모습

아이 손 잡고 찾아간 근교사찰
깊숙한 진실 찾아낸 부끄러움 숨겨놓고
법당을 나와 탑돌이 한다

'욕심 버릴게요.' 돌고 돌아오는 길
대웅전 바람 매섭게 등을 후려친다

77

이름 증명서

문밖으로 쫓겨난 화분
작은 잎 한 개 푸석한 흙 속에서
새순 돋아 쳐다본다

가던 길 멈추고 양손으로 받아
부러진 허리 수술하고 예쁜 화분에
영양분 넣어 베란다 앞쪽에 둔다

세상은 강자와 멋의 조화를 선호하기에
나약함이 밀려났나 보다
흰색과 초록빛을 같이한 새순
포기하지 않던 용기 자랑스럽다

쏟은 정성 받아준 그것이 이쁘다
사랑이 돋아난다
아침 찾아가 바라보는 은은한 기쁨

때때로 성가신 손주랑 만나
주고받는 화분 이야기
쑥 쑥이라는 이름 달고 살아간다

이석란

2014년 [월간] 《문예시대》 시 등단,
실상문학, 영호남문인협회 이사
부산문인협회, 부산시입협회, 사하문인협회, 늘창문학회 회원
수상: '영호남문학상' 시 작품상, 실상문학' 시 우수상,
　　　'문학 도시' 시 작품상
시집: 『바람이 없는 그림자』, 『달팽이의 기도』,
　　　『아들지팡이와 국수』

돌탑

신명자

돌 하나 쌓고
기도 한 번 올리고,

다시 돌 하나 쌓고
욕심낸 기도마저
얹어놓을 때

어쩌면 우리의 인연도
하나의 돌과 기도였을까

하나가 하나를 가까스로 떠받치며
마침내, 돌이 탑이 되는
그런 인연, 믿고 싶었던 것일까

튼튼한 돌탑인 듯 쌓아도
작은 밑돌 하나 빼면 무너지는 탑

무너지고서야 알겠다
처음부터
돌 같은 것도
탑 같은 것도 없었다는 것을

애착

화단 속 나무와 꽃들
이쁜 이름 달았구나

아그배나무
동백나무
자운영

맨 처음
네 모습을 본 누군가
너를 위한 헌정의 의미
햇살 아래 곱게 피어나는구나

그렇지,
한 세상 태어났으면
투박한 이름 하나쯤 갖고 살아야겠지만
꽃도 열매도 되지 못하는
슬픔 얼마나 많은가

분수처럼 솟아나는
그리움 속
작은 풀씨 같은
지지대 하나 애써 세우는
그대와 나의
슬픈 무명無名

시를 쓰다

감히 시를 쓰고 싶다는 말
하지 못한다

아직도 낙엽 덤불 속에서
움트지 못한 나의 시

바위는 이끼로 시를 쓰고
넉줄고사리는 새순으로 시를 쓴다.
어느 잘못된 길로 들어왔을까
오랫동안 푸른 숲은 보이질 않았지만

이제, 이순의 나이
화려한 꽃보다
들풀의 새순에
마음 설렌다

겨우내
생각했던 마음을
조금씩
써 내려간다

홧병

세찬 바람 부는 날
응어리진 마음이
바다에 서면

화난 고래처럼
하얀 거품 물고
거칠게 달려오는 파도

고래 한 마리
고래 두 마리

이렇게 세다 보면
머리에 뿔이 난
무수한 고래들이
익숙한 이름표를 달고 있다

과호흡을 하며
새파랗게 질려버린 얼굴
바다가
용암처럼 흘러내리고 있다

사랑에 대하여

꽃들에게 물어봐
어떻게
봄이면 한결같이
눈길 따뜻하게
피어날 수 있는지

꽃들에게 물어봐
어떻게
화사한 분홍빛 마음
숨김없이 드러낼 수 있는지

꽃들에게 물어봐
어떻게
절정으로 피운 꽃잎들
화르르 져버릴 수 있는지

세월 흘러도
또다시 붉은 사랑
감아 올릴 수 있는지

달달한 흥정

트럭에 단감, 오이, 밀감
손대중으로 대충 담아놓고
콧노래 흥겨운
트럭 과일 장수 아저씨

백발 할머니 첫손님
몇 개 더 달라, 못 준다
밀고 당기는 흥정에 정신없지만

책정 가격 매끄롬히 적힌
빤한 무덤덤보다도
소리 지르며 실랑이하고도
결국 웃으며
두어 개 더 얹어 주는 우리네 인정

백화점 조명 아래
정장 입은 듯
얌전한 단감보다
어째 더 달달해 보인다

김민부 시인을 추억하며

바다가 환히 보이는
초량 168계단 곁길에
김민부 전망대

기억의 풍화작용으로
고도 낮아진 월출봉, 일출봉이
말없이 누군가를 기다리고 있다

시간의 문을 열고
가끔씩 그 곁에 앉아 보는 일은
잊혀짐에 대한 우리의 결백

삶은 짧고 노래는 길어
마음에 길을 낸, 세월 속 노래는
쉬이 굴절되지 않는 것

이제, 우리
기다림을 아는 나이

그의 노래 안에서 그리움의 밥을 먹으며
눈물의 향기를 맡아야겠다

* 김민부 (1941~19 72) : 시인, 1957년 동아일보, 1958년 한국일
　　　　　　　　　　　　　보 신춘문예 당선,
　　　　　　　　　　　　　가곡' 기다리는 마음 '작사

신명자

2007년 《문학도시》 등단
부산문인협회, 영호남문인협회, 사하문인협회, 가산문인협회 회원
김민부문학제 운영위원, 민조시 '숲길'동인
수상: 제6회 '영호남문학' 작품상, 제9회 '가산문학' 대상
시집 『 꽃 진 뒤에 꽃 피우며 』

캣우먼

박창민

당신은 어두울수록 예민하고 공격적이다
갇히지 않았는데도 자유로워지고도
흔들리는 품일수록 잔인하게 파고든다
말꼬리 물고 흔들어대다 이를 드러내는 잇몸
눈높이보다 높은 곳에서 떨어져도 살아나는 유연한 감정
몇 번이나 바닥으로 뒤집혀도 삶에 착지하는 얼굴
손톱 드러내며 초승달 입술 그리면
밤에 더 짙어지는 들장미 성격
구석과 그늘도 두려워하지 않는 심장은
세상이 해보다 뜨겁거나 달보다 눈부실지라도
눈엔 눈으로 가슴엔 가슴으로 새끼들 비빌 줄 안다
흘기는 눈으로 나비를 질투하는
꽃으로 변신하면 욕망을 끌어당겨 삼키는 욕심이 다채롭다
쉽게 변하는 표정으로 기분을 요리하면
칼날보다 살벌하게 날름거리는 혀로 맛을 표현한다
수컷을 갈고 닦아 목에 장식하려는 이
천국과 지옥을 같이 엮어

천사를 택해도 악마에 빠져들 수밖에 없는 매력
우리를 나온 작은 호기심
한여름에도 눈이 내리는 상상력으로
한겨울에도 장작불이 되는 포용력으로
달궜다가도 식을 때쯤
잊은 사랑을 비교하며 들추며
확, 찢어버리는 감각이 창을 보는
사유가 독립적이라서
편지 없이 경고 없이 언제든지 뛰쳐나가겠다며
나에게만 획, 찬바람이 이는
눈매 날카로운 이 여자

Abba

레코드가 음악을 돌리던 날
이끼 낀 골목에서 성장을 돌리고 돌렸지
젊은 표지까지 금세 바래지도록

두 부부가 그룹을 결성했던 날
아버지께선 집에서 공장을 돌리셨고
라디오세선 새마을이 합창단을 늘리며
달러를 벌어들이는 노래가 판을 칠 때
우리는 수출판에 끼어들고
야근이 라면과 유행가를 불어터지도록 양산했다

A와 B가 헤어졌다
피보다 연한 남성과 여성이 사이를 투명하게 했다
사람보다 일이 진한 시절
숙련된 노동력이 아쉬워 헤어지지 않으셨다는 말씀은
간 경화로 그치신 뒤
어머니는 솔로로 전향하시고서야 독립된 전설이 되셨다

남진 윤복희 나훈아 김지미
드라마틱한 듀오가 아티스틱으로 전향할 때
군대에서 삼십 개월이나 CD를 돌리듯 뺑뺑이쳤다

추억은 USB에 축소되어
결혼 생활엔 고도 낮춘 꿈만 줄어든 웃음으로 쓰기 좋았다

싸이가 새 된 날
내게로 날아와 히트를 하트로 친 딸
이듬해
새 휴대폰 영상에 가족이라는 그룹을 결성하면
아바를 아빠로 불러 보컬이 되었다

유한화서

겉을 먼저 피우는 애는 까닭이 있어
뿌리가 드러내는 자랑이 삶이라서

예쁘고 고운 아들딸
어미가 남몰래 키운 유전은 성숙하게 진화를 해
나이 들어서도 아름다우면
그 바지런한 속을 바르게 물려받은 까닭

추상에서 구체로
이웃을 사랑하려면 나부터 사랑하는 법이
먼저라던 말씀은 옳다

거룩함에서 비천한 데로
태양처럼 높은 교육을 받을수록
바닥을 데우는 게 먼저라서
아지랑이가 흙에서 끓어오르는 건
위대한 겨울이 흙을 꽁꽁 품었기 때문에
어린 봄이 씩씩해지는 것이지

노래는 무거운 벽에서 돋는 민들레 속씨들이
바깥 멀리까지 떨리도록 외치는 일이다

위에서 아래로 내려앉는 나비는
꽃 마중 오시는 하느님, 버선발

반가사유상

강 따라 걸음이 출렁이는 풀밭
아무도 다치지 않는 멍 때리는 대화가 열렸다
저마다
잠들지 않을 정도로 보여지는 곳을
굳이 찾지 않겠다는 표정으로
초점 없는 시선이 최선인 자세를 짓고 있다
한 곳만 바라보면
벽이라도 허허벌판이 되는
아픈 지점을 딱히 정하지 않으면 원수도 투명해지는
마음가짐 중
빼어난 균형감각이 돋보이는 사람을 찾았다
호명했으나
천년이 넘도록 불렀으나
물음을 괴지 않아 답이 없는 자세가 된 상
턱을 따라 괴며
다시 천년이나 빠지도록 멍해지다

얼굴무늬 수막새

천년 하고 사백 년이 지나야 들키는 웃음이라니요

기왓골 끝에서 어떤 마당을 보았길래 얼굴 기슭이 떨어
져 나가고도 반갑다는 생략이 그 틈을 메꿀까요
고국에서 타국으로 오늘에서 어제인 신라의 영토에 돌아
올 때 보고팠던 후손들이 물을 때마다 대답보다 쉬운 인
상을 보였겠지요
웃음도 오래 묵으면 기억 귀퉁이가 깨어져도 깜깜하지
않은 시절에서 돌아온 꼴이 저리 수더분할까요
흙에서 봄이 출토되듯 당신은 모자란 표정만 재발행하는
군요
한 장이지만 잊힘을 무릅쓰고 과거에 쌓인 골을 벼랑 끝
에서 막으려 온화해졌어요
가을이 박물관을 운치 있게 개설할 때 빤히 보이는 시간
에 경배를 표하는 앳된 얼굴들 참, *대기업에서 당신을
빌려 미래에도 남는 얼굴을 새 상징으로 택했다더군요
재미있네요. 웃음엔 저작권이 없다는 걸 먼저 알았을까요

새벽마다 보고 싶어 하는 해가 기억들을 안아주며 용서
하는 웃음도 어찌 알고 말이에요

이제 참으신 말씀만 날마다 들키세요

*1995년 LG가 이 미소를 회사 로고로 썼다.

목소리

몇 달 전 주민증을 잊어버려 새로 발급받았다

검찰입니다
대포통장 피해 고소건으로 연락드립니다
쾅, 탄알이 발사되어 머리를 스쳤지만
피난도 못 가는 수배자가 되었다
담당 검사라며 내일 다시 연락을 쏘겠다는 말에
그날 내내 안달이 났다

말로 사람을 낚는 방법에 조심하라는 말을
저녁방송에서 들었다
여기서 다시 살아도 되겠구나 하는 안도감에 편해졌다가
검사를 사칭한 소리에 가진 돈을 모두 낚여
젊은이가 숨을 멈췄다는 소식엔 가슴 뒤까지 뜨끈해지는

사람 목에서 총알이 튀어나오다니

개구리 참외

장마에 물 먹은 애는 잘 가라앉는다고 했다
입으로 숨을 쉬면 쉬 상한다며
쉽게 속을 보이지 말라는 말씀이 청년기에 있었다

냇가 다리는 해마다 주저앉아
상류에 빠졌을 때는 입을 닫고 힘을 빼면
강이 기슭에 데려다주는 것을 안 어미 소
하류에서 종종 올라오곤 했다는 *이야기는
요즘 홍수에도 살아남아 제사에 종종 떠오르곤 했다

울타리가 상해도 말이 없는 애들은 세찬 물에 띄워도
잘 살아남았다
아버지는 많이 아파지셔야 말씀이 많아지셨고
싫어하던 법당이 좋다고 오르시며
연못에 올챙이도 법문 꼬리를 줄여 산신각에 오르더라며
짧게나마 잘 웃으셨다
이승 줄이 옅어진 개구리가 입을 닫고도 가라앉을 때
시간이란 무늬가 옅어지신 당신은 흙에 곧 가라앉으셨다

마른장마가 길면

혼자 남으신 엄마가 가끔 물 머금은 이야기로

아버지를 달게 떠올리셨다

김민부 83주년

여기 산복도로는 바다가 앞산이다

사계절이 동에서 서로 짙어질수록
날마다 띄우는 일출과 월출도 달달한 시 한 편

어제로 전설을 옮긴 당신 문장이 당길수록
그 자리에서 발견한 삶을 낭송한 사람들

애들 그림자가 길게 자라 큰 도시로 내려앉을수록
능선에 꼭 달라붙은 여백이 궁금한 동네
기슭을 매립한 일이 절벽으로 돌아설 때도
어김없이 밑물인 시월

그때 던진 열쇠가 녹도 슬지 않고
태평양까지 건넌 상상을 건져 뜨겁게 끄적이다
붉게 달궈지는 가로수를 재면 화씨 83°
완성되지 않은 자서전을 태우다 남은
공중 골목 행간마다

당신이 심은 이바구도 빽빽하다

박창민

2018년 《창작 21》 신인상 수상으로 시 등단
현 김민부문학제 사무국장, 사하문인협회 감사,
    솜다리 문학회 회장 창작 21 작가회 이사
2023년 부산문화재단 우수문예지 시 부문 선정
시집 : 『안개가 된 낱말』

이명의 밤

박선숙

금속음이 귀를 파고드는 밤
지겹도록 듣던 소리지만
여전히 치가 떨리는 아픔이다

하면 된다는 말만 남발하던
무책임한 군중들
날카로운 눈빛으로 울부짖는다

눅눅한 쇼펜하우어의 의지와 표상에
숨겨진 인생 사직서가 너덜너덜하다

지독한 에고이스트가
더는 숨을 곳 없어
죽음으로 맞서는 해결책이 이렇게 초라하다니

금속음이 저음으로 변주되어
시꺼멓게 타오르는 불꽃
갈기갈기 찢어진 마음도
용접이 가능할까

벽

된서리 맞으며 울부짖던 젊은 날의 초상
표정 없는 흑갈색 얼굴을 하고는
막다른 길에서 벽을 보고 서 있다

봐달라고 애원하던 가슴을 외면하던
매서운 눈동자가 낯설다

눈발 날리는 하얀 겨울
열정을 뾰족하게 얼려
뺨을 때리는 속사포

과녁을 향해 쏘아보지만
총알 없는 빈 총구만 쓸쓸하다

속울음 삼키며 걷다가
문득 마주한 벽에게
어디로 가야 하는지 길을 묻는다

쓰린 파도

무슨 미련이 남았는지
떠나는 이 뒷모습에
열심히 매달려 보지만
발에 부딪히는 건
흩어지는 하얀 상처

무거운 마음만 뿌려놓고
다시 멀리 띠밀려가는
고독한 사랑의 흔적

사랑한단 말도 못했는데
모래사장에 쌓여가는 한숨이
겹겹이 거품되어 울부짖는다

쏴아~ 쪼르르
울음으로 화답하는
파도에게 묻는다

미련도 사랑인지
이별도 사랑인지

그곳에 내가 있다

고즈넉한 내음 따라 숲길 지나면
앙증맞게 핀 제비꽃 엄마 얼굴
두런두런 연초록의 초딩 동생
방긋방긋 애기똥풀

향기로운 숲길따라 황톳길 지나면
하늘 높은 줄 모르고 솟아오른 쉐콰이어 끝자락이
살랑살랑 반갑게 인사하고

전쟁터 다녀온 할아버지 이야기와
밭갈던 농부의 땟국물을 보듬어주는
도란도란 시냇물의 사랑 노래

무한한 자연의 힘과
인간의 손길이 어우러져
우리 가족 편안한 안식을 선물하는
고성 미네르바 정원

3년째 취준생의 조급함과
7년째 고시원을 전전긍긍하는 고독이
향나무 샛길로 스멀스멀 사라져갈 즈음

꽃 심으러 온 아저씨
내 얼굴을 그려놓았네
한달음에 가보니
그곳이 바로 지상낙원(地上樂園)인가
평온한 흙내음과 함께
그곳에 내가 있다

뭐하나 버릴게 없는 미네르바 정원
곧게 뻗은 편백나무처럼
나도 이 자연 속
쓸모있는 귀한 존재가 되고 싶다.

환절기 감기

사람마다 다양한 삶의 모습처럼
기분 따라 흐르는 구름
봄여름가을겨울
계절마다 다른 색의 감기를 앓는다

숨어 우는 바람에도 허접해지는 폐가
부은 목을 넘지 못하는 소리에게
살아남아 부디 솟아오르길 기도하는 동안

구겨진 이빨 사이 시린 고름이
제 뼈를 갉아 먹는 줄 모르고
부여잡고 놓지 못하는 미련 덩어리들

장마철 소나기처럼 퍼붓는 아픔을
꽁꽁 언 얼음에 가두고
짜투리 인연으로 모락모락 피어올린다

제발 가는 것들 막지 말고
오는 것들 환대하길
가을이 부르는 검붉은 하늘
도려낸 폐부 조각이 알알이 박혀
토파즈가 되었다가 오팔이 되었다가

쉰의 계절은 무슨 색깔인지
주름진 벽을 달려
뜨거운 목마름의 고통을
그대는 어찌 그냥 지우려는가

넘어오는 계절을 뱉거나 말거나
호모사피엔스의 유전자는 말이 없다

태풍의 가르침

황홀했던 여름을
떠나보내기 아쉬워
밤새 비바람이
섧게도 울고 있네

휴식이라 믿고 떠나온
여름휴가 막바지
이글거리는 태양만큼
화가 잔뜩 난 무리들

떠나는 자 떠나게 하고
머무는 자 머물게 하라던
선인의 약속조차
허무하게 짓밟아 버린
무서운 매질 소리

내 뜨거운 청춘에게
쉬어가라 하소연하며
매섭게 가르치는
인생 잔소리
폭풍 같은 가르침

고귀한 삶의 언어

뜨거운 태양 아래
허름한 계단과 담벼락 사이
헉헉거리며 김민부 전망대에 올라
아련히 부산항을 치어다보니
'기다리는 마음'이 물결처럼 흘러간다
하늘이 낳은 맵시를 닮은 항아리와
붉은 그리움을 숨긴 석류
짧은 생 고뇌로 남겨진 균열의 언어들
가곡만큼 고귀한 그의 삶을 노래한다

박선숙

2022년 《시와 수필》 등단
부산시인협회 회원
김민부문학제 운영위원회 감사
동명대학교 사회복지학과 교수

일출봉에 해 뜨거든

고안나

아무도 가르쳐 주지 않았다
지우고 또 지워도
지울 수 없는 수묵화 한 점
얼굴 숨긴 가슴속에는
상처 난 바람들이
떠돌다 다시 바람이 되는 곳
나도, 너도 없고
행위를 대신하는
바람의 전위예술이다

내가 알지 못하고
듣지 못했던 그들만의 언어
소리치는 바람이다
하늘과 바다와 땅
함께 바람이다
베일에 가린 일출봉
풍경을 지우는 안개비
여백에 묻어있는 소리들이
궁금한 *성산
안개 속, 내가 우두커니 서 있다

*성산 : 제주도 성산 일출봉

*가파도를 지나며

너 또한 누구의 사랑이더냐
떨어져 나간 살점
쳐다보기조차 시린데
살아보지도 않고
못살겠다 울먹이는 여자 보란 듯
바다는 흰 피 토하며 울어 샀는다
방목하던 소떼들 보이지 않고
야성 잃은 목 쉰 갈매기떼
누가 살자 한 것도
살아보라 한 것도 아니라며
뱃머리 돌리는 여객선
파도가 뜯다 만 살점 해무에 가려 너덜너덜 하다

누군가 한세상 질펀하게 살다가고
또 누군가 한세상 뜨거워 몸 닳을 때
떨어진 살점 위로 청보리 피겠지

*가파도 : 제주도 서귀포에 있는 섬

바람의 언덕에서

그만큼만
딱 그만큼만 웃어라
더도 덜도 아닌
날지 못하는 날개 서럽지 않을 만큼만
애써 웃어라
내 마음 같은 네 마음
울음도 웃음같이 활짝 피겠다

알타이 산맥 넘어 왔을까
때로는 파편이었다가
통증이었다가
몽골 초원 평정한 느긋함으로
대면하는구나

바람의 언덕에서
두 손으로 너를 만져 본다
가슴으로 안아 본다
바람의 이랑에 겨울새 몇 마리 난다

우도에서

섬에서 섬을 본다

꿈꾸듯 잠에 취한 성산 일출봉
물미역처럼 살랑거리는 파도소리
비취색 바다에 자맥질하면
마음 젖은 한 마리 물새다
퇴색해 가는 시간의 색(色)
헝클어진 생각들
바람에 끌려 우도봉에 서면
노을 젖던 수평선은 어느 쪽 이던가

큰 섬의 속살 같은 작은 섬
물색 짙은 여기
세 들어 산다면
어쩌다 그대 한 번씩 찾아 와 준다면
파도치는 날에도 웃음꽃 필까
활짝 핀 마음으로
등 돌리며 멀어진 것들 살며시 당겨 본다

스스로 섬이 되는 나이
멀리 있는 것은 무엇일까
비가 온다
혼자가 아닌 여럿이 모여 온다

유달산에 올라

산은 온 종일 바다를 꿈꾼다

시간이 응축된 산 위에서
기억을 지우고
흔적을 지우고
가슴에 응어리마저 지운
여리고 선한 풍경들
여기에 그늘은 없다

흔들지 마라
깨우지 마라
느리게 몸 바꾸는 물살에 실려
마음 바꾸고 살까
가슴은 넓고 생각은 깊어
하늘을 품고 물 위에 오롯이 앉은
내가 바로 산이다

오! 부드러운 곡선의 푸른 벽
다툼 소리 없이 입 꼭 다문 물소리
어느 누가 목포의 눈물이라 했나
고립되지도 쓸쓸하지도 않는
푸른 벽에 익숙한 목포는 항구다

애월에서

그리움의 빛깔이다

애월의 바다는 풀냄새가 난다
누군가 쉴 새 없이 밀어 보내는
녹색의 잠언들
누가 난해하다 했던가
물가에 앉아 푹 젖어 살자
달의 입장이고 보면 새삼스러울 것도 없다

물에 빠진 달이 되거나
물가에 쪼그리고 앉아
마음을 긁어 본 사람은 안다
내가 먼저 푹 빠져
심장 깊숙이 한 문장 새기다 보면
덩달아 초승달도 파도소리에
흠칫 놀라며
바다 속으로 긴긴 연서를 띄울까
침묵의 소리까지 깨우고 싶어서
내 발목이 젖는다

어두움이 채 오기도 전에
애월이다
가슴 한 쪽이 아릿한
에메랄드 빛 그리움이다

*월령교에서

이 다리 건너면 만날 수 있을까
일렁이는 잔물결조차
임의 숨결인 듯 가슴 조이는 밤
안타까워라
휘영청 달빛이라도 밝았으면 좋으련만

달빛 먼저 지나가면 임 오실까
까마득한 저 끝,
어디쯤 있을 것만 같은 사랑아

누군가 엮어 놓은
미투리 신고 달빛이 지나간다
달빛이 달리는 목교 위를 나 걷고 있다

꽃 피고 꽃 지고
그 봄 다시 오고 다시 가고
월령교 아래 포개진
달빛과 강물은 그 사연을 알까
괴로워라 사모의 마음이여

오른쪽 끝에서 왼쪽 끝까지
그러고도 모자라 여백을 채웠던
하고 싶은 말, 끝이 없어 이만 적는다는
그 여인 애닮아라

*월령교 : 경북 안동에 있는 다리 (원이 엄마의 전설이 있음)

고안나

시인, 시낭송가, 2010년 《시에》詩 등단
김민부문학제 운영위원장, 「작가와 문학」 편집주간,
「동북아신문」 기자,
「대전 투데이」(칼럼니스트), 재중동포문인협회 고문
시집 : 『양파의 눈물』, 『따뜻한 흔적』,
전자시집 『기억을 묶어둔 흔적』

달맞이 언덕

강달수

광안 해수욕장에서 불꽃축제가 열리던 날
일부는 꽃불처럼 광안대교 천국의 계단을 올라
하늘로 올라가고
남은 사람들은 하나 둘씩 달 뜨는
달맞이 언덕으로 가 노래를 부르기 시작한다

달빛콘서트에 모인 쓸쓸하고 외로운 사람들
호주머니에서 세상에서 가장 소중하고 그리운
각자의 사연들을 하나씩 꺼내 낭독하고
광안대교에서 못다한 천국행 사다리를 하나씩 펼치며
천국으로 가는 노래를 부른다

해월정 달빛콘서트에 참석한
보름달처럼 하얗고 수소 풍선처럼 부푼
사람들의 얼굴과 표정들이
형형색색 광안리 꽃불이 되어 줄지어
사다리를 타고 하늘로 올라 간다.

단풍

제 몸 감싸고 있던
녹색 눈물 자국
지우고 지워

잎새에 새긴
첫사랑의
붉은 핸드프린팅

나는 여태껏
저토록 쓸쓸하고 처절한
손바닥을 본 적이 없다

화엄사의 봄

풍경소리 들리는 화엄사 대웅전
바위 위 연리지가 절을 지킨다

쌍사자 석등 안에 웅크리고 앉아 있는
스님의 깊고 깊은 침묵과 절대 고독
각황전을 수호하고 있는
삼백년의 붉은 사랑 화엄매

염불소리 울려 퍼지는 화엄사에
홍매화처럼 찬란하게 피어나는 봄

불일 폭포

어차피 한 번은
뛰어 내려야 할 운명이라면
과감하게
몸을 던지자

지리산 햇살보다
더 눈부시고 찬란한
저 불일 폭포의
결단

낙동강 하구

황지에서 출생하여 청운의 뜻을 품고
자신을 채찍질 하며 달려
평생을 강물로 흐르다가 다대포에 도착하였다
비록 이제부터는 내 이름도 상실하고
내 육신도 바다에 희석되겠지만
강물로 흐르는 시간이 매 순간 행복하였다
절대 뒤돌아 보거나 한 눈 팔지 않고
앞만 보고 묵묵히 달려 온 시간들

비록 융통성은 없었을 지언정
상황에 휘둘리기 보다는 강물이라는 본질에 충실하였다
망설임 없이 바다로 나아가는 뒷모습이 처연한 낙동강
이제 강을 넘어 바다의 몸톰 속으로
현해탄 건너 태평양으로 나아가는 강
내 머리 위에 물들고 있는 하구의 노을아
세상이 날 망각하더라도 너만은 나를 기억해 다오
낙동강의 한 많은 꿈과 역사를

하구를 이정표 삼아 힘차게 유영하며
달려오는 수류들의 가슴 속에도
내 영혼이 살아 숨 쉬고 있음을 알기에
나는 값싼 눈물이나 미련 대신
홀가분한 발걸음으로 태평양으로 떠난다
먼 훗날 단 한 사람이라도 날 기억한다면
하구의 강둑이나 모래톱에 서서
내 이름을 한번 크게 불러다오

그리움이 물이랑처럼 솟구쳐 오르는 강
낙동강 하구!

수국

다음 생을 기약하고 지는 꽃은 없다

꽃이 질 수는 있어도 결코 떨어지지 않는 꽃
꽃을 피우고 떠나간 그 자리에서 가을을 보내고
씩씩하게 월동하다가 봄에 다시 부활하는,

봄과 여름을 하양 보라 분홍으로 물들다가
늦 여름, 초 가을에 초콜렛 색으로 변할 뿐
결코 지거나 낙화는 하지 않는 꽃

꽃말조차 진실하거나, 변덕스런 사랑이기도 한

김민부 시인의 충고

별처럼 반짝인다고 다 보석이 아니야

여름햇살에 빛나고 너무나 눈부셔서
보석인 줄 알았더니 한 줌 티끌이었네
복사꽃 핀 한낮의 일장춘몽이었네

붉고 화려하다고 다 몸에 좋은 버섯일까
색깔이 너무 황홀하고 먹음직스러운 것이
오히려 먹으면 큰 일나는 독버섯 일 확률이 높아

결코 껍데기에 속거나 빈 말에 현혹되면 안돼

강달수

1997년 《심상》 등단
을숙도 문학회 회장,
전)김민부문학제*김민부문학상 운영위원장
시집 : 『몰디브로 간 푸른 낙타』 외 3권

김민부문학제 운영위원회

고문   김석규(시인) 장승재(시인) 안건일(시인)
　　　　　선용(아동문학가) 양왕용(시인)

자문위원 박홍배(문학평론가)
　　　　　류명선(시인,김민부문학상 운영위원장)
　　　　　김미순(시인)
　　　　　성흥영(시인) 동길산(시인) 강문숙(시인)

운영위원장 고안나(시인)

직전 운영위원장 강달수(시인)

부위원장   이영수(시인)

기획위원   배옥주(시인, 문학평론가)

감사   박선숙(시인,동명대 교수)

운영위원   강달수(시인, 전 김민부문학제·문학상 운영위원장)
　　　　　이영수(시인) 신명자(시인) 이석란(시인)
　　　　　박창민(시인) 박선숙(시인, 동명대 교수)

사무국장   박창민(시인,운영위원 겸임)

주최 · 주관 김민부문학제 운영위원회

《시와 서정》 (김민부문학제 작품/자료집)

초판인쇄	2024년 10월 18일
초판발행	2024년 10월 25일
펴낸이	고안나 외
편집	이영수, 박창민
펴낸곳	김민부문학제 운영위원회
발행처	도서출판 지식나무
주소	서울시 중구 수표로 12길 24
전화번호	02-2264-2305

ISBN 979-11-87170-80-8

값 10,000원